자두나무 봄날

시와소금 시인선 · 081

자두나무 봄날

윤원영 시조집

시와소금

❙ 윤원영

• 경기 수원 출생.
• 1993년 전국시조백일장 장원 및 《시조문학》 추천 완료.
• 시조집으로 〈뒤란에서 울다〉 〈즐거운 말씀〉이 있음.

• 주소 : 부산시 해운대구 해운대해변로 117, (대우마리나) 104동 501호 윤원영
• 휴대폰 : 010-8575-8051
• 전자주소 : muayoon@hanmail.net

시와
찬양의 날들을 주신
하나님께
감사드립니다

구름바다 마을에서
윤원영

| 차례 |

| 시인의 말 |

제1부 천마총 단풍

제2부 물속의 집

제3부 중얼대는 노래

제4부 꽃이 놓인 구석

제5부

작품해설 | 박지현

제 1 부

천미총 단풍

자두나무 봄날

자두나무 꽃그늘 아래 점심을 약속하네
눈 닫을 때 눈에 선할 눈부신 이생의 한 때

꽃상여 먼 길 떠나듯
아득하다 이 봄날

붉은 학

희고 어린 학들이 서서히 붉어 가는 것
오로지 발목을 담근 물의 선물이라니
칠 년 차 젊은 사제는
얼굴을 묻고 흐느꼈다

단단한 서약에도 교만하였다 교만하였다
수도원 올라가는 길 꽃들은 낮게 피어
제 속을 들여다보는
긴 참회 긴긴 묵상

발라드

지나간 사랑은 사랑이 아니라고

사랑이 다시 온대도 지금은 아니라고

아릿한

느린 곡조에

발길이 멈춰 서네

자랑스런 수선화

꽃줄기 가만 베어낸 수선화 서너 송이
높다랗게 받쳐 들던 이른 아침 그 향기
얼마나 어여쁘드뇨
혼자 보기 아까웠어라

이름도 깨끗하게 교탁 위에 선명히 남아
새 학기 시작하는 새 교복의 옷깃 같은
이제 막 초경에 이른
열다섯의 아침 같은

마리안느와 마가렛

금발의 영혼을 이끈 하나님의 조용한 음성
낮은 곳 더 낮은 데로 찾아서 내려가라

썩은 내
문드러진 상처
만지는 분 거기 있으니

그 음성 들을 수 있는 마음귀도 그분의 것
소록의 한 시대를 행복하게 기억하는

사랑이
마냥 부끄러워지는
은발의 저 미소

나 이제 주님 앞으로 나아갑니다

스무 명의 아이들을 끝까지 건사하고
주옥같은 작품들을 밥 먹듯 써내려 간

바흐는
마지막 노래를
당당하게 바쳤다

가을 운조루

붉은 수수머리 단단히 영글고 있다
바쁠 것 하나 없는 바람은 자유롭고
퇴락한 지붕을 비껴
툇마루에 걸린 햇살

수백 년 그 전부터 들판 가득 눈부셨으리
가문을 지켜가는 종부의 깊은 주름
켜켜이 쌓인 시간이
가을 빛에 깊어간다

아주 오랜 사진 속 손톱만한 얼굴처럼
마당가 돌틈 사이로 오종종 국화는 피고
되새떼 햇살을 털며
구름 속을 날아간다

천마총 단풍

단풍나무 그늘에서 참았던 오줌 길게 눈다
한없이 느려터진 장수대학 가을 소풍
참 곱다
여태 살았으니까
살았으니 보는 게지

죽음을 건너지 않고 영원에 가 닿으랴
천년이 하루 같은 능선길 굽이굽이
가을은
이토록 깊어서
나무마다 눈이 부셔

각질

오래 견뎠음을
돌보지 않았음을

부서져 흩어지는
아픔의 저 기억들

잡은 손
한 번 놓으면
추억마저 덧없음을

라면의 취향

첫사랑과 같아서 라면 맛이 그렇더라
구내식당 아저씨의 기막힌 분배에 따라
열 그릇 사발에 나눠지던
그 오들한 라면발

푸욱 불려 먹는 그 맛이 참맛이라는
불가해한 방식 또한 여러분의 취향이려니
시간의 미학이 빚어내는
오들한 이 즐거움

미린시티, 저녁의 표정

가난한 불빛들 모여 먼 데서 따뜻하고
물그림자 어룽이는 이 창들은 견고하니

그들이 품고 사는 것
왕관처럼 반짝이다

커다란 손

굴곡을 예고하듯 커다란 그녀의 손
노동의 수레에서 벗어날 수 없는 나날

핏빛의
도마에 올려진
고등어를 토막 내는

목련 숲, 가을

기별 없이 왔다 간다고
못내 서운해하던

버선발 걸음 뒤로
미동도 없이 지낸 여름

작별의
긴 편지 지우듯
시나브로
버리고 있어

제 2 부

물속의 집

만돌린을 꺼내다

투명한 물방울들 햇살 담아 튕겨오르듯
기쁜 마주침으로 스물 즈음을 울려주던
오래 전 만돌린 소리
그 떨림을 기억하네

시작하고 그만둔 것 만돌린 뿐이었으랴
마음을 지키는 일 어렵고 어려웠어라
언제든 늦지 않았다
조율하는 높은 쏠

나윤선*의 베싸메무쵸

접은 사랑이든 시작하는 사랑이든
온 몸을 던지지 않고 사랑이라 할 수 있으랴
오로지 타악기 하나
리듬에만 기댄 영혼

오래 간직해 온 빛바랜 사진 몇 장
갈 수도 올 수도 없는 그곳에서 추억하네
베싸메 베싸메무쵸
그런 열정의 잔상들

* 재즈 가수

마린시티, 기린이 있는 창

십구 층 어느 거실 기린 한 마리 들어서자
육십 세대 아파트 동 모든 창이 따뜻해진다
무연히 건너다보는
대각선의 오피스텔

젊은 아버지는 소파 위에 길게 눕고
서너 살 어린 아들은 기린과 볼을 부빈다
그믐의 달 없는 밤에도
무언의 꿈이 커가는

렘브란트, 말년의 자화상

어떻게 알 수 있으랴 저 눈빛에 담긴 시간
온갖 모순으로 욕망들로 가득했던

참회의
검은 배경 위로
시간을 응시하는 눈

물속의 집

남겨진 사과밭 근처 이주 촌에 누워서야
고스란히 물에 잠긴 옛집 터를 지웠다
삼년을 꼬박 버티고
가까스로 얻은 둥지

오랜 사진 들여다보듯 수면을 응시하는
희끗해진 종손의 두 어깨가 떳떳하다
누이들 나무 생각나거든
언제든 들르시오

눈다래끼

눈다래끼 달고 살던 한 시절이 있었다
상처도 고통도 없는 기억 속 풍경 몇 편

무연히 흘려보냈던
낭비된 시간 같은

벚꽃 엔딩

그런 벚나무는 어딜 가도 없겠지요
막걸리 한 동이 부어 섭섭히 보냈습니다
미뤄 둔
꽃그늘의 약속
눈에 밟혀 서럽네

이우환 검은 공간이 떠억하니 질러 앉은
한 생애가 잘려나간 저 자리 바로 저기
그대여
그대여 노랫소리
흩날리는 봄날 끝

슈만의 편지

간절한 소망에 대해 슈만은 편지를 썼다
부르기도 쉽거니와 곡조가 아름다워
누구나 불러보고 싶은
노래 한 곡
남기는 일

호피무늬

먹이를 향해 질주할 때 그 털 끝 곤두섰으리
밥을 위한 시간들은 그렇듯 치열했으나

만원의 점심특선뷔페
얼마나 느긋한가

닮은 듯 서로 다른 시간의 무늬무늬
둥그런 뱃살 위로 유쾌히 흔들리는

아무도 주목하지 않는
여인들 파안대소

마린의 그늘

길게 누운 철근 더미 꿈적 않고 녹 피는 새
기약 없는 젊은이들 담뱃재 떨구는 곳
몇 마리
배고픈 새들
얻은 것 없이 돌아가고

*마린 : 센텀과 더불어 해운대의 고층빌딩 밀집지역

믿음

그들이 살아온 건 대부분 교회였다
퇴직한 늙은 남편은 주일마다 되풀이한다
오 년째 반신불수의
아내와 나서는 길

이것이 믿음일까 고통인가 희망일까
아내가 숨 쉬는 한 멈출 수 없는 주일예배
의미가 희미할수록
견고해지는 끈의 힘

긴 손가락

아무리 격정적이고 현란한 수사학도
기다란 손가락은 시를 쓰듯 애무하네

하늘은
연주자의 손가락을
늘일 만큼 늘이셨다

고흐의 방

인정받지 못하거나 저주받은 삶의 흔적
색채가 그에게 와서 미친 듯 춤을 춘다

침대 위
남은 햇살은
저토록 평온한데

제 **3** 부

중얼대는 노래

가문비나무 소리

스트라디 바리우스의 깊고 깊은 울림통
그 몸을 이루기 위해 가문비는 꿈을 꾸네
죽음에 이르러서도
비우고 비우는 몸

즐거움과 만족으로는 이를 수 없는 세계
가파른 벼랑이거나 바위산에 세워진
수도원 그 안에 울려 퍼지는
새벽의 기도송 같은

높은 산에 기꺼이 올라 시간을 견디는 나무
명장의 혼이 담겨 울림의 정수에 닿네
세상을 덮고도 남을
심금을 울리는 소리

11월

몇 장 남지 않은 지갑 속 지폐처럼
만지작 만지작대다 건네지 못한 편지처럼

나는 늘 가난했구나
나누지 못한 사랑

자천교회 종탑

경상북도 영천읍내 자천교회 나무 종탑
눈물로 새벽을 열던 종지기의 눈물 있었네
하나님
제 아이들에겐
대학을 허락하소서

야소교 예배당 자리 가을날에 가보시게
천문대 올라가는 길 보현산이 가까웁고
기도에
화답해오듯
유난한 별빛 쏟아질 터

마린시티, 조각 햇살

징검다리 건너가듯 안타까운 햇살 몇 뼘
작은 나무 뒤척이며 온몸으로 샤워한다

저 햇살
견디기 힘든
어떤 청춘도 산다

드뷔시

무겁고 엄숙하던 베토벤을 벗어나자
햇살 아래 풍경처럼 환한 소리 쏟아진다
음과 음 그 사이의 의미가
바람처럼 자유로운

깊은 잠 깨어나듯 새롭게 열리는 시대
누구도 걷지 않던 누구와도 닮지 않은
누구도 어울릴 수 없던
고독한 산책의 나날

봄눈

잊혀진 약속인 양 꽃눈 위에 내려 쌓이다
조금 더 기다릴 걸 겨울의 긴 옷자락

속눈물 잔뜩 머금고
기어이 옷깃을 잡아

중얼대는 노래

할 말은 참 많은데 너는 너무 멀리 있고
일기를 써 내려가듯 나는 혼자 지껄여 대

우울한 나를 달래며
속엣 말 푸는 거지

캐시미어

첫겨울 견디어 낸 어린 것들의 갸륵한 목숨
깊이 모를 바람소리 끊임없이 쌓이는 눈
서로의 몸을 부비며
긴 긴 날 건너왔겠다

여리디 여린 털들 그 사이 촘촘해지고
수만 리 순례 길에 마음 또한 낮아졌으니
세상의 절반을 덮고 남을
행복한 이 포근함

지난 가을

붉은 산 뒤로 하고 저리 환히 웃고 계신
가을은 다시 와서 쓰라린 이름 어머니

기약은 지킬 일 없이
그때뿐인 나날들

마린시티, 물에 잠기다

방파제를 훌쩍 넘는 집채 만한 파도, 파도
보도의 블록들이 풍선처럼 떠오른다
막연한 불안의 그늘
과녁에 명중하듯

우리를 지탱하던 견고하다 믿던 것들
축제에 들떴을 때 불행은 그렇게 온다
가을도 그윽한 가을
머리채 후려치듯

너도밤나무꽃

비릿한 밤나무꽃이 단밤의 꿈꾸는 밤
너도밤나무 하얀 꽃은 오월의 크리스마스

아무리
배가 고파도
꽃등 먼저 걸겠다네

25현금

어깨를 드러낸 채 비틀즈를 울려주는
열두 줄 고적한 시간 한참 먼 길 가고있네
연두에 자줏빛 고름
진양조에 머물던

저 편도 바라보고 마음도 쉬어가고
허리를 깊게 굽혀 낮은 소리 울리더니
소리도 가벼운 소리
젊은 꿈에 기울다

마리아 칼라스

하늘이 내려준 건 누구도 따를 수 없는
심금을 울려주는 천상의 목소리였다

은둔의
그녀가 선택한 길
사랑에 가 닿는 것

제 **4** 부

꽃이 놓인 구석

지상의 저 편

어떤 나무들은 상처를 위해 태어난다
고통이 예물이 되는 눈물의 이 단단함
맨발의 어린 가장들
뒷꿈치의 핏물 같은

거룩함에 올려지는 눈물의 향기처럼
지상의 가장 낮은 그들 만의 간절한 꿈
눈빛들 너무 맑아서
천국 문이 열리는

꽃이 놓인 구석

모든 구석엔 견디는 힘이 있다
기억이 스쳐 가는 무심한 눈길 너머
누굴까
전하고 싶던
한 다발 꽃의 온기

반란을 꿈꾸지 않는 진정한 평온의 세계
균형을 이뤄주는 침묵과 관용의 힘
자궁이
각을 이루며
생기를 불어넣는

마린시티, 압도적인

이제껏 없었다는 압도적인 넓은 공간
그 차이를 누리시라 진화하는 모델하우스
한 자락 바다 정원은
우리들의 꿈이었으니

수영강이 바다를 만나 해조내음 싣고 오는
동해와 남해가 섞여 흰 돛을 밀고 가는
바다 끝 마지막 터에
압도적으로 솟아오를

먼나무에게

먼 데서도 볼 수 있게
빨갛게 불을 켜줘

떠나서도 기억하게
푸른 잎 떨구지 마

하얗게
눈이 온대도
그대로 기다려 줘

유럽풍

그토록 신산하게 평생을 살아오신
어머니는 품위 넘치는 귀족으로 살고 싶단다
꿈마다 다시 태어나
대 저택을 걸으시나

축제의 너도밤나무 꽃등 켜는 오월에
이야기 속 그 풍경을 고스란히 느껴보네
어디든 삶의 절반은 눈물
고통마저 그림 같은

성탄절

기다리지 않아도 성탄절은 자꾸 와서
기쁨의 노래도 없이 불빛만 요란해서
축일은
누추한 거리
전선으로 감겨 와

하얀 성탄절의 감미로운 노랫소리
공연한 설레임에 손꼽아 기다리던
카드 속
그리운 풍경
닿을 듯이 그리운

땅끝

기어코 끄트머리 그곳에 닿고서야
깊은숨 몰아쉬며 마음 한 귀 접어보네

저 바다
천연덕스레
왔는가 잠잠하네

초현실주의

보리수를 들으며 흥건히 잠드는 한낮
슈베르트가 손을 잡아 성문으로 이끈다
한 마리 나비가 나는
고요한 날개의 시간

소중히 여기던 것 간직하다 버린 조각들
잠깐씩 얼굴 비치고 떠다니다 사라진다
그립다 잊혀진 시간
촛농처럼 늘어진다

백남준의 이력서

전쟁은 어린 나를 너무나 아프게 했다
그래서 즐거우려고 놀이를 개발했다

무한한 가능의 세계
모두가 꿈꿀 수 있는

짓다

밥 짓는 연기 둘린 먼 마을 따뜻하고
밤새워 설빔을 짓던 어머니 손 그리워라

이 한 밤
내놓기 부끄러운
한 편의 시를 짓다

아프니까

어떤 이는 미친 듯이 그림을 그려대고
누군가 미워할 이유 골똘히 찾아내고

사랑을 선택하게 하소서
기도가
간절한 시간

홈쇼핑 우크렐레

자정이 넘은 시간
홈쇼핑에선 우크렐레

무지개 저 너머로
언젠가 가보리라

그 노래
부르고 싶었지
망설이는 깊은 밤

제5부

퇴적층

단단한 응집의 결 고스란히 드러내는
이름들 사라지고 무늬로만 기억되는

시간의 느린 연대기
스러질
별의 노래

또 가보자

어린 딸 손을 잡고 벚꽃 구경 나선 길
이 길은 가봤으니 저 꽃길 가볼거나
엄마 손 잡아 이끌며
가보자 또 가보자

고운 날의 기쁨도 지는 꽃의 안타까움도
때마다 꽃길이랴 모른 채 우리 왔던 길
아이야, 찬찬히 가렴
오늘처럼 환한 날엔

삼각형

그들에게 필요한 건
느긋하게 바라보는 것

팽팽히 끌어당기는
지나친 힘을 버리기

서로를
느끼지 않는 것
일그러지지 않도록

삼월과 유월 사이

소쿠리에 가득 담긴 햇살구와 햇자두
삼월에 꽃을 피워 석 달 사이 일어난 일

우리는 한 일도 없이
시간을 죽이는데

정치적 성향

시답잖은 경향들에 세상은 기울어가고
아는 듯 모르는 듯 우리들도 쓸려가고

포장된 말의 힘들이
득과 실에 오가는 나날

싱코페이션

눈 뜨면 반복되는
지루한 이 시간들

일탈을 꿈꿔보는
예측할 수 없는 마음

밋밋한
일상은 가라
상쾌하게
가벼웁게

아이돌로 가는 꿈

저것 봐 자로 잰 듯
칼로 끊듯 확실한 몸짓

혼자가 아니어서
함께 가는 길이어서

갈 거야
가고야 말 거야
두 눈에 보이는 길

수학, 그리고 음표

아마도 그쯤 일 듯
인수분해로 막혀버린

미로처럼 엉켜버린
숫자의 복잡한 세계

즐거운
악보를 읽다
수학을 발견했다

즐거운 말씀, 새 틀 새 삶

먼저 아뢰어라 새 마음 주시리니
거친 우리 감정들도 하나님은 받으신다

생두를 로스팅하면
깊은 맛에 이르듯

검정 비닐봉지

자주색 햇자두를 검정 봉지에 담는 것은
뽀얗게 피어나던 꽃의 날들을 지우는 일

투명한 빛과 바람의 시간
구겨진 채 잊혀진다

라벨의 볼레로

한 음 한 음 온 힘으로 이어가고 이어간다
온몸의 움직임과 완벽하게 일치하도록

절대로 빨리 가지 말 것
십칠 분을 세며 갈 것

뼈를 깎다

뼈를 깎기로 했다
새 문을 열기 위해

더 이상 이전의 모습
보여주지 않을 거네

죽음도
두려울 것 없는
숨 막히는 시간을 건너

오래된 사진, 어머니

다섯의 남매를 낳은 서른셋 고운 어머니
생마늘을 입에 물 듯 아린 날들 건너셨지요

언제고 끝이 없을 듯
가고 없는 그런 날들

시간의 응시,
아득하거나 혹은 닿거나

박 지 현

(시인 · 문학박사)

시간의 응시,
아득하거나 혹은 닿거나

박 지 현
(시인 · 문학박사)

1.

윤원영의 시조집 『자두나무 봄날』은 두 번째 시조집 『즐거운 말씀』 상재 후 4년 만이다. 화려하지 않고 요란하지도 않으며 서두르지 않은, 그렇다고 가라앉지도 않은 시 세계를 통해 시인의 현실 인식과 시간 인식을 엿본다. 이번 시조집의 작품들은 전반적으로 비교적 짧다. 하지만 그 무게감만큼은 가볍지 않다. 특히 '응시'라는 화두로 통찰에 이르게 하고 생의 깊이와 층위가 한층 깊어졌음을 밀도 있게 보여주었다. 그 응시의 힘은 매우 건강하고 유연해서 현실에서 과거로, 과거에서 다시 미래로 자유자재의 이동을 감행한다. 일상의 행간에 녹아 있는 시간의 폭을 확장하면 할수록 사유의 깊이를 더해주고 시간의 괴리와 자아 인식의 제고에 이르게 하는 것이다.

또한, 일반적으로 역동이란 그 어떤 강한 힘을 연상케 하는데 여기서는 정적인 것에서 역동의 양태를 가늠하게 하였다. 이는 시조가 갖는 강점, 압축의 힘일 것이며, 음보율에서 얻어지는 결과일 것이다. 한 호흡 단위의 규칙적 배열로 형성되는 운율은 단순하고 단조로운 것이 아니라, 시조만이 갖는 가장 큰 미덕임을 우리는 알고 있다. 그러므로 굳이 긴 시행이 필요 없다. 비교적 짧은 시행을 운용하면서 시인은 들숨 날숨 저 너머의 세계, 즉 미래의 시간, 현실의 시간, 과거의 시간으로 우리를 과감하게 자유롭게 밀어 넣는다.

2.

윤원영 시인의 시간은 어느 한 곳에 머물지 않는다. 특별한 방향성을 갖지 않아 보인다. 그러나 다음 순간, 일정한 향방을 만든다. 머무는 줄 알았는데 달려가는 시간은 뒤돌아보고 현재에 안착하는가 하면 다시 달아난다. 시편의 곳곳에서 파생되는 시간은 거침없다. 왜 이런 시간을 만나는 것인가. 그건 시인이 내적 깊이 지향하는 시간 인식이 저변에 깔려있어서다. 작품 속에 녹아 있는, 선과 이미지, 색채와 리듬에 표출된 시간 인식은 계절의 변화로 굴절되거나, 그림을 통해 통찰과 성찰이 파생된다. 시간의 이면에 시선을 깊이 둔 시인은 자아 성찰의 긴 낭하를 걷게 된다.

때론 음악에 기대며 위안을 얻고자 하지만 반복의 여정을 갖는다. 시간 인식에 대한 시인의 조심스런 몸짓은 자아에 내재한 시간을 무연히 들여다봄으로써 구체화한다. 시간은 끝없이 흐르기만 하는 것이 아니다. 어디로 닿고 싶거나 대상을 빤히 쳐다보거나 툭, 건드리고 싶은 강렬한 욕구가 그 이면에 숨어 있다. 시인은 굳이 이 행보를 숨기지도 않는다. 그 점이 윤원영 시인의 강점이자 특장이다.

아래의 시는 대상 속에 파고들어 현실의 시간 인식과 성찰을 보여주며 자아 성찰의 단면을 보여준다.

소쿠리에 가득 담긴 햇살구와 햇자두
삼월에 꽃을 피워 석 달 사이 일어난 일

우리는 한 일도 없이
시간을 죽이는데
　　　　　　　　　　　　　—「삼월과 유월 사이」 전문

시간은 모든 살아있는 것들을 지나간다. 그리고 살아있지 않은 것들에도 지나고 머문다. 머물었다가 지나는 시간은 커다란 변화를 가져온다. 그것은 매우 적극적이다. '소쿠리에 가득 담긴 햇살구와 햇자두'는 상큼하고 신선한 봄의 결과물들이다. 이름만 들어도 입안에 침이 고이고 달콤한 과육의 향기가 퍼진다. 이 과육은 과수나무들의 전형을 고스란히 껴안고 있다. 봄 과수나무들의 시간은 매우 적극적인 자세를 고요하게 숨기고 있다. 봄날이지 않은가. 딱딱한 가지에 연둣빛 물이 돌고 꽃이 필 때, 춥고 딱딱한 겨울의 눈보라를 견딘 시간이 만져지고 생명의 불덩이가 화르르 일어서는 것이다. '이 모든 것은 석 달 사이 일어난 일'이다. 시인은 춥고 습한, 어두운 세계를 관통하면서 향기로운 생명의 결과물을 도출한 '햇살구와 햇자두'의 이면을 읽어낸다. 자아 성찰이다. 단, '나'가 아니라 '우리는'이라는 복수의 대상으로 확대함에 따라 다수의 사람을 각성시키고 있다는 데 주목한다. 암묵적 동의를 엿볼 수 있다.

자두나무 꽃그늘 아래 점심을 약속하네
눈 닿을 때 눈에 선할 눈부신 이생의 한때

꽃상여 먼 길 떠나듯
아득하다 이 봄날
　　　　　　　　　　　　　—「자두나무 봄날」 전문

생명은 눈부심을 터뜨리는 동시에 짙은 그늘을 생성한다. 빛과 그늘은 숨길 수 없는 진실게임과도 같다. 늘 함께 붙어 다닌다. 빛인 줄 알았는데 그늘이고 그늘인 줄 알았는데 빛이 되는 시간을 만난다. 시인은 '자두나무 꽃그늘 아래 점심을 약속하네' 하며 내게 주어진 현실의 한때, 뽀송뽀송함을 즐거워한다. 매우 서정적인, 극히 짧은 한순간 빛의 무한을 경험하나 다음 순간, '꽃상여 먼 길 떠나듯/ 아득하다 이 봄날'을 인식하게 된다. 빛과 그늘은 어디나 함께 사이좋게 붙어 있다가 순식간에 분리된다. 시인의 현재적 시간은 눈부신 어느 한 곳에 잠시 머물고 현실에 장착되나 영속성이 없다. 따라서 눈부심의 이면에 도사린 현재적 시간의 허무에 이르게 된다. 어느 한 곳에 머물렀다가 한순간 아득해져 버리는, 끊임없이 흐르는 시간을 응시하는 과정은 이미 예정되어 있었는지 모른다.

어떤 이는 미친 듯이 그림을 그려대고
누군가 미워할 이유 골똘히 찾아내고

사랑을 선택하게 하소서
기도가 간절한 시간
— 「아프니까」 전문

어떻게 알 수 있으랴 저 눈빛에 담긴 시간
온갖 모순으로 욕망들로 가득했던

참회의
검은 배경 위로
시간을 응시하는 눈
— 「렘브란트, 말년의 자화상」 전문

어떤 나무들은 상처를 위해 태어난다
고통이 예물이 되는 눈물의 이 단단함
맨발의 어린 가장들
뒤꿈치의 핏물 같은

거룩함에 올려지는 눈물의 향기처럼
지상의 가장 낮은 그들 만의 간절한 꿈
눈빛들 너무 맑아서
천국 문이 열리는
— 「지상의 저편」 전문

삶은 늘 간절한 기도를 요구한다. 크리스천인 시인은 그의
내적 세계를 가감 없이 보여준다. 『아프니까』에서 만나는 기도
의 시간을 통해 정제된 세계, 그 이면에 놓인 새로운 삶의 정태

에 직면한다. '어떤 이는 미친 듯이 그림을 그려대고/ 누군가 미워할 이유 골똘히 찾아내고'에서 무언가에 열중하고 골몰함으로써 그 이면에 타당한 이유, 집요한 의미 찾기, 그 무엇에 닿기 위한 몸부림이거나 탐색의 도정을 보여주고자 애를 쓰고 있음을 알 수 있다. '어떻게 알 수 있으랴 저 눈빛에 담긴 시간/ 온갖 모순으로 욕망들로 가득했던// 참회의/ 검은 배경 위로/ 시간을 응시하는 눈'에서 '아프니까'가 이어진다. 오직 그림을 위한 삶을 살아온 '렘브란트'는 17세기 네덜란드의 위대한 화가이다. 빛과 어둠의 절묘한 조합으로 인간에 대한 깊은 통찰력을 보여주었다는 최고의 평가를 받았으나 빈민촌에서 최후를 맞았던 매우 비극적이었던 인물이다. 그의 일생과 그림이 남긴 아이러니는 '참회'라는 한 마디로 압축될 수 있을 것이다. 이 참회의 시간은 '어떤 나무들은 상처를 위해 태어난다…맨발 어린 가장들/ 뒤꿈치의 핏물 같은' 현실에 직면하거나 뼈아픈 성찰에 이르게 된다. 간절한 기도를 동반한 성찰은 '눈빛들 너무 맑아서/ 천국 문이 열리는' 것에 이끈다. 기실 종교적 삶이란 종교인의 특권이지만 그만큼 지워진 책무도 많다. 하지만 무조건 보이기 위한 것이 아니라는 것을 시인은 보여주고 싶다. 시인 역시 그것을 잘 알고 있으므로 '먼저 아뢰어라 새 마음 주시리니…생두를 로스팅하면/ 깊은 맛에 이르듯'(「즐거운 말씀, 새 틀 새 삶」)의 시간으로 이끈다. 현재의 시간은 한순간 과거의 시간이 되고 과거의 시간은 현재에서 미래로 날아간다. 싱싱

한 생명의 시간이다. 로스팅 된 생두의 시간은 시인이 즐겨 가고자 하는 탄탄한 응시의 단면일 것이다.

3.

윤원영 시인의 시편에서 자주 맞닥뜨리는 시어들로 '상처', '고통', '기억', '풍경', '낭비', '꽃그늘', '봄날', '햇살', '노래', '소망', '꿈', '시간', '기도', '사랑', '소리' '꽃길', '기쁨' '미소' '묵상' 등을 보면 하강의 언어보다 긍정과 상승의 언어가 더 많다. 늘 반복되는 일상의 이면이 만들어내는 그늘을 결코 그늘로 안착시키지 않는 시인의 마음이 만져지는 부분들이다. 그림뿐만 아니라 음악에도 조예가 있음을 시편을 통해 파악할 수 있는데 '투명한 물방울들 햇살 담아 튕겨 오르듯/ 기쁜 마주침으로 스물 즈음을 울려주던/ 오래전 만돌린 소리/ 그 떨림을 기억하네'(「만돌린을 꺼내다」)에서 기억 속에 착화된 리듬을 엿볼 수 있다. '한 음 한 음 온 힘으로 이어가고 이어간다/ 온몸의 움직임과 완벽하게 일치하도록// 절대 빨리 가지 말 것/ 십칠 분을 세며 갈 것'(「라벨의 볼레로」)에서도 라벨의 음악의 특징이 일정한 보폭과 음의 상승 하강의 반복적 리듬에서 파생되는 인내의 시간을 내적인 시간으로 끌어들이고 있음을 알 수 있다. 그리하여 '하늘이 내려준 건 누구도 따를 수 없는/ 심금을 울려주는 천상의 목소리였다// 은둔의/ 그녀가 선택한 길/ 사랑에 가 닿는 것'(「마리아 칼라스」)로 이어진다. '사랑'이 없으면 이루어낼 수 없는 결과를 시인은 응시하고 있다. 그 외, 비틀즈(「25현금」), 슈만(「슈만의 편지」), 스트라디 바리우스(「가문비나무 소리」), 드뷔시(「드뷔시」), 바흐(「나 이제 주님 앞으로 나아갑니다」), 슈베르트(「초현실주의」)에서 노래와 악기, 그리고 음악가의 삶에 대한 깊은 관심과 통찰을 드러낸 시편들을 통해 시인의 예술적 고양이 고르게 편재되어 있음을 알 수 있다.

이제 시인은 어디로 가고자 할까. 자신을 돌아보는 첫 번째 관문은 어머니에 대한 회고이다. 이 땅에서 고단함과 외로움과 척박한 생의 바닥을 맨몸으로 건너온 어머니들은 열에 아홉일 것이다. 시인의 어머니를 추억하는 애틋함이 묻어나는 시를 살펴본다.

밥 짓는 연기 둘린 먼 마을 따뜻하고
밤새워 설빔을 짓던 어머니 손 그리워라

이 한 밤
내놓기 부끄러운
한 편의 시를 짓다

— 「짓다」 전문

다섯의 남매를 낳은 서른셋 고운 어머니
생마늘을 입에 물 듯 아린 날들 건너셨지요

언제고 끝이 없을 듯
가고 없는 그런 날들
　　　　　　　　　　— 「오래된 사진, 어머니」 전문

붉은 산 뒤로 하고 저리 환히 웃고 계신
가을은 다시 와서 쓰라린 이름 어머니

기약은 지킬 일 없이
그때뿐인 나날들
　　　　　　　　　　— 「지난 가을」 전문

그토록 신산하게 평생을 살아오신
어머니는 품위 넘치는 귀족으로 살고 싶단다
꿈마다 다시 태어나
대 저택 걸으시나

축제의 너도밤나무 꽃등 켜는 오월에
이야기 속 그 풍경을 고스란히 느껴보네
어디든 삶의 절반은 눈물

고통마저 그림 같은

　　　　　　—「유럽풍」 전문

　단수와 두 수의 짧은 시편 속에 녹아 있는 어머니의 삶, 신산
함과 애틋함, 그리움과 아쉬움의 정조가 고스란히 드러난 시편
에서 구구절절 일일이 드러내지 않고도 구구절절 읽히는 이유
는 역동의, 지난하고 가차 없는 파란의 역사 속에서 우리의 많
은 어머니가 어떤 삶을 살아야 했는지 너무나 잘 알고 있기 때
문이다. 시인은 구체적 언급 없이 '다섯의 남매를 낳은 서른셋
고운 어머니/ 생마늘 입에 물 듯 아린 날들 건너셨지요', '그토
록 신산하게 평생을 살아오신 어머니는', '밤새워 설빔을 짓던
어머니 손 그리워라', '붉은 산 뒤로 하고 저리 환히 웃고 계
신/ 가을은 다시 와서 쓰라린 이름 어머니'를 부른다. 부질없는
질문이자 부질없는 답이자 화두를 건넨다. '아린 날들'이 함의
하는 것이 무엇인지 우리는 안다. 신호등도 없고 표지판도 없
는, 좌표 없는 바다 한가운데, 펄펄 끓는 사막과도 같은 난장
의 바닥에서 직진과 일방적인 삶을 강요당한 어머니들은 전혀
의도적이지 않은 삶을 강행해야 했다. 시인은 굳이 구체적 표
현을 해야 이해되어지는 것이 아니므로, 앞집과 옆집 그리고 건
넛집의 사정도 대동소이할 것이므로 간결하게 서러움과 슬픔
과 그리움을 다독인다.

뼈를 깎기로 했다
새 문을 열기 위해

더 이상 이전의 모습
보여주지 않을 거네

죽음도
두려울 것 없는
숨 막히는 시간을 건너
　　　　　　　　　—「뼈를 깎다」 전문

단단한 응집의 결 고스란히 드러내는
이름들 사라지고 무늬로만 기억되는
시간의 느린 연대기
스러질 별의 노래
　　　　　　　　　—「퇴적층」 전문

어린 딸 손을 잡고 벚꽃 구경 나선 길
이 길은 가봤으니 저 꽃길 가볼거나
엄마 손 잡아 이끌며
가보자 또 가보자

고운 날의 기쁨도 지는 꽃의 안타까움도
때마다 꽃길이랴 모른 채 우리 왔던 길
아이야, 찬찬히 가렴
오늘처럼 환한 날엔

—「또 가보자」 전문

기어코 끄트머리 그곳에 닿고서야
깊은숨 몰아쉬며 마음 한 귀 접어보네

저 바다
천연덕스레
왔는가 잠잠하네

—「땅끝」 전문

　이전의 삶의 방식을 단호히 바꾸고자 결의가 엿보이는 「뼈를 깎다」는 변화를 감행하고자 하는 시인의 모습이 감지된다. 이전의 시간에서 지금에 이르는 시간은 분명 구분되어야 한다. 다르게 만져지거나 보여야 한다. '뼈를 깎기로 했다/ 새 문을 열기 위해'라고 시인은 구체적이고 명료하게 자신의 의도를 드러낸다. 선명하게 드러낸 결심은 이전의 삶의 방식을 버리고자 하는 강한 의지가 곁들여 있다. '더 이상 이전의 모습/ 보여주지 않을 거네' 라고 방점까지 찍는다. 과거의 삶을 버리고자 하는 의도적 진술은 미래로 향한 행보의 다름 아니다. 오죽하면 **뼈**를 깎으랴만 그러지 않으면 다음의 시간, 내일의 시간으로 나아갈 수 없다. '죽음도. 두려울 것 없는/ 숨 막히는 시간을 건너' 가야만 진정한 나의 시간에 닿을 수 있을 것이다. 시인이 가고자 하는 세계, 시간은 '퇴적층'에 이르면 한층 더 단단해진다. '퇴적층/ 단단한 응집의 결 고스란히 드러내는/ 이름들 사라지고 무늬로만 기억되는/ 시간의 느린 연대기/ 스러질/ 별의 노래'가 되어 쌓이고 쌓인 단단한 응집에 결집 된다. 이전의 모든 것이 사라지고 나면 오직 '무늬'로만 기억될 것을 시인은 알고 있다.

길은 모든 것을 버리게 하고 모든 것을 한곳에 모이게 한다. 그 어떤 익숙한 것도 낯설게 한다. 하지만 낯선 것들을 끌어안으며 익숙하게 하는 힘을 키우게 한다. 이 모든 것은 「땅끝」에 이르면 가능할 것이다. '기어코 끄트머리 그곳에 닿고서야/ 깊은숨 몰아쉬며 마음 한 귀 접어보네// 저 바다/ 천연덕스레/ 왔는가 잠잠하네'에서 마음 한구석에 남은 마지막 여운까지 다 털어버리게 하는 '깊은숨'은 너무나 아득하지만 자아가 원하는 그곳에 닿는 길을 제시한다. '어린 딸 손을 잡고 벚꽃 구경 나선 길/ 이 길은 가봤으니 저 꽃길 가볼거나/ 엄마 손 잡아 이끌며/ 가보자 또 가보자'하며 이미 가본 길, 왔던 길은 놓고 가보지 않은 길을 향한다. 그러나 '아이야, 찬찬히 가렴/ 오늘처

럼 환한 날엔' 하며 결코 서두르지 않는다. 시인의 시간은 현재
에 머무르지만 늘 닿고자 하는 그곳, 그 시간으로 향하고 있기
때문이다.

4.

윤원영 시인의 시편 중에서 '마린시티'에 관한 연작이 있다.
부산 해운대 고층아파트 밀집 지역인 신도시의 면모를 아낌없
이 보여주는 삶의 공간은 세련되고 화려한 외형의 모습도 모
습이지만 외형의 가치보다 그 안에 녹아 있는, 어느 동네에서
나 일어날 수 있고 일어나는 평범한 일상의 내용과 한데 어울
려 살아가는 따뜻한 사람들의 모습을 보여주고 있다. 시인은
고층빌딩이 높은 만큼 햇빛도 강하지만 그만큼 그늘도 많음을
보여주고 싶다. 오늘날, 고층의 일상이 특별하지 않다. 전국이
고층의 도시화 물결에 휩싸여 낡은 건물은 허물어서 새로운 건
물로 대체하여야만 삶도 그렇게 변모할 것이라고 사람들은 굳
게 믿고 있다.

이제껏 없었다는 압도적인 넓은 공간
그 차이를 누리시라 진화하는 모델하우스

한 자락 바다 정원은
우리들의 꿈이었으니

수영강이 바다를 만나 해조내음 싣고 오는
동해와 남해가 섞여 흰 돛을 밀고 가는
바다 끝 마지막 터에
압도적으로 솟아오를
—「마린시티, 압도적인」 전문

십구 층 어느 거실 기린 한 마리 들어서자
육십 세대 아파트 동 모든 창이 따뜻해진다
무연히 건너다보는
대각선의 오피스텔

젊은 아버지는 소파 위에 길게 눕고
서너 살 어린 아들은 기린과 볼을 부빈다
그믐의 달 없는 밤에도
무언의 꿈이 커가는
—「마린시티, 기린이 있는 창」 전문

가난한 불빛들 모여 먼 데서 따뜻하고
물그림자 어룽이는 이 창들은 견고하니

그들이 품고 사는 것
왕관처럼 반짝이다

　　　　— 「마린시티, 저녁의 풍경」 전문

　부산의 수영강을 사이에 두고 광안리, 해운대의 신개발지역
중 하나인 마린시티는 바다를 인접하고 있어서 고층에서 바라
보는 풍경은 가히 압권이다. 동해의 일출과 일몰의 아름다움까
지 함께 누릴 수 있는 지역적 요건을 갖춘 곳이다. 신개발지로
서의 화려한 광고에 힘입어 많은 사람은 새로운 꿈의 보금자
리로 이곳을 꿈꾸어 왔음을 시인은 설명한다. '이제껏 없었다
는 압도적인 넓은 공간/ 그 차이를 누리시라 진화하는 모델하
우스/ 한 자락 바다 정원은/ 우리들의 꿈이었으니'(「마린시티,
압도적인」)에서 드러나듯 고층에 탁 트인 바다는 개인 바다정
원으로서 아무 손색 없다. 상상만 해도 멋진 풍광이다. 압도적
인 풍광에 사로잡힌 사람들의 몽환은 판단력을 흐리게 한다.
이곳에 들면 그간에 원했던 모든 꿈이 이루어지고 모든 상처
가 치유되며 윤택이 보장되는 곳으로 인식된다. 유토피아의 환
상마저 덤으로 얹어서 고생했던 그간의 삶을 보상받을 뿐만 아
니라 미래의 삶은 꽃길만 열려 있을 것만 같은 착각을 준다. 이
뿐만 아니다. 따뜻한 위로의 공간, 신세계라고 믿고 싶을 정도
이다. '십구 층 어느 거실 기린 한 마리 들어서자/ 육십 세대 아

파트 동 모든 창이 따뜻해진다.…젊은 아버지는 소파 위에 길게 눕고/ 서너 살 어린 아들은 기린과 볼을 부빈다/ 그믐의 달 없는 밤에도/ 무언의 꿈이 커가는'(「마린시티, 기린이 있는 창」) 것에서 행복한 풍경의 전형이 보인다. 하나 급할 것 없는 저녁 일상의 단면을 들여다보고 단란한 가족의 여유와 행복함을 한 눈에 파악할 수 있다.

> 길게 누운 철근 더미 꿈쩍 않고 녹피는 새
> 기약 없는 젊은이들 담뱃재 떨구는 곳
> 몇 마리
> 배고픈 새들
> 얻은 것 없이 돌아가고
> ─「마린의 그늘」 전문

> 방파제를 훌쩍 넘는 집채만 한 파도, 파도
> 보도의 블록들이 풍선처럼 떠오른다
> 막연한 불안의 그늘
> 과녁에 명중하듯
>
> 우리를 지탱하던 견고하다 믿던 것들
> 축제에 들떴을 때 불행은 그렇게 온다

가을도 그윽한 가을
머리채 후려치듯

　　　　　　　—「마린시티, 물에 잠기다」 전문

징검다리 건너가듯 안타까운 햇살 몇 뼘
작은 나무 뒤척이며 온몸으로 샤워한다

저 햇살
견디기 힘든
어떤 청춘도 산다

　　　　　　　—「마린시티, 조각 햇살」 전문

　하지만 저녁의 풍경은 조금 다르다. '가난한 불빛들 모여 먼
데서 따뜻'하고 고층의 삶은 '왕관처럼 반짝'일 것이나 '길게
누운 철근 더미 꿈쩍 않고 녹피는 새/ 기약 없는 젊은이들 담뱃
재 떨구는 곳'으로도 부각 된다. 빛이 강하면 그늘도 강한 법
이다. '몇 마리/ 배고픈 새들/ 얻은 것 없이 돌아가고'(「마린의
그늘」)에서는 벌써 무겁고 칙칙하며 어두운 냄새가 배어있다.
외형이 주는 압도, 포장은 그럴듯하다. 하지만 내용의 진화가
있어야 하고 그 성질이 변화해야 한다. 과연 그러한가. 시인의
예리한 감각은 고층의 빛과 그늘에 주목한다. 하루하루 벌어

서 먹고사는 일당 인생인 건설노동자들의 삶이 겹쳐지고 그 주변의 허술한 일상이 오버랩된다. 창창한 미래가 보장된 고층의 인생과 내일을 기약할 수 없는 고단한 젊은이들의 교차는 분명 짙은 그늘의 중심을 이룬다.

'방파제를 훌쩍 넘는 집채만 한 파도, 파도/ 보도의 블록들이 풍선처럼 떠오른다/ 막연한 불안의 그늘/ 과녁에 명중하듯' 태풍에 휩싸인 해변의 고층아파트는 일촉즉발의 불안에 내몰린다. 안전을 가늠하기 어려울 정도의 인접한 바닷가의 안전문제는 화려한 꿈의 상징인 고층빌딩이 가져다준 충만한 행복을 한없이 추락하게 한다. '우리를 지탱하던 견고하다 믿던 것들/ 축제에 들떴을 때 불행은 그렇게 온다'며 시인은 경고의 메시지를 보낸다. 팽창주의와 외적 확장의 비대하고 기형적 성장이 불러오는 내적 공복과 균열, 불투명하고 비극적인 미래의 불균형을 조용하게 외치는 것이다. '징검다리 건너가듯 안타까운 햇살 몇 뼘/ 작은 나무 뒤척이며 온몸으로 샤워한다// 저 햇살/ 견디기 힘든/ 어떤 청춘도 산다'고 말하며 이 시대에 부재하는 온기, 삶의 사각지대와 허와 실을 보여준다. 그렇다면 불온한 행복과 미래를 담보한 고층의 시대에서 바다는 어떤 기능적 역할에 놓여 있는 것일까. 시인은 그 부분도 한 번쯤 생각해야 한다고 일러준다. '그들에게 필요한 건/ 느긋하게 바라보는 것// 팽팽히 끌어당기는/ 지나친 힘을 버리기// 서로를/ 느끼지 않는 것/ 일그러지지 않도록'(「삼각형」)하는 것은 어쩌면 시인의 이상(理想)인 것인가.

　윤원영 시인의 시편에서 만난 현실의 시간은 일면 정적인 것 같지만 '눈 뜨면 반복되는/ 지루한 이 시간들// 일탈을 꿈꿔보는/ 예측할 수 없는 마음'(「싱코페이션」)에서 보여주듯 늘 살아 꿈틀댄다. 잠시도 가라앉게 놔두지 않는다. 그것은 시인만이 갖는 시간에 대한 응시의 힘이다. 무겁지 않게 전개되는 현실 인식과 감각은 늘 새로운 것을 꿈꾸며 동시에 자아의 성찰을 게을리하지 않는 특징을 갖는다. 반복되지만 지루하지 않아야 한다는 명제를 시인은 끝까지 제시한다. 과거와 미래의 시간 인식을 거쳐 현실에 구체화 되어야만 비로소 가치 있는 것이며 결코 지루할 틈이 없다는 것을 보여주고 싶은 것이다. '밋밋한 일상은 가라/ 상쾌하게/ 가벼웁게' 살아낼 터이니 말이다.

시와소금 시인선 81

자두나무 봄날

ⓒ윤원영, 2018. printed in Seoul, Korea

1판 1쇄 발행 2018년 7월 30일
지은이 윤원영
펴낸이 임세한
책임편집 박해림
디자인 유재미 정지은

펴낸곳 시와소금
출판등록 2014년 1월 28일 제424호
발행처 강원 춘천시 충혼길20번길 4, 1층 (우-24436)
편집실 서울시 중구 퇴계로50길 43-7 (우-04618)
팩스겸용 (033)251-1195 / 휴대폰 010-5211-1195
이메일 sisogum@hanmail.net

ISBN 979-11-86550-72-4 03810

값 10,000원

* 이 책의 내용의 전부 또는 일부를 재사용하려면 반드시 저작권자와
  시와소금 양측의 동의를 받아야 합니다.
* 잘못된 책은 교환해 드립니다.
* 이 책의 국립중앙도서관 출판도서목록(CIP)은 서지정보유통지원시스템
  홈페이지(http://seoji.nl.go.kr)와 국가자료공동목록시스템에서 이용하실
  수 있습니다. (CIP제어번호 : CIP2018021162)

부산광역시 BUSAN METROPOLITAN CITY 부산문화재단 BUSAN CULTURAL FOUNDATION

• 본 시집은 2018년 부산광역시, 부산문화재단 지역문화예술특성화지원사업으로 발간되었습니다.